LE ROSIER

DE

MADAME HUSSON

PAR

GUY DE MAUPASSANT

ILLUSTRATIONS PAR HABERT DYS

Eaux-fortes de E. ABOT, d'après DESPRÈS

PARIS

MAISON QUANTIN

COMPAGNIE GÉNÉRALE D'IMPRESSION ET D'ÉDITION

7, Rue Saint-Benoît

1888

LE ROSIER

MADAME HUSSON

Jules Després del.

E. Abot sc

LE ROSIER

DE

MADAME HUSSON

PAR

GUY DE MAUPASSANT

ILLUSTRATIONS PAR HABERT DYS

Eaux-fortes de E. ABOT, d'après DESPRÈS

PARIS

MAISON QUANTIN

COMPAGNIE GÉNÉRALE D'IMPRESSION ET D'ÉDITION

7, Rue Saint-Benoit

1888

LE ROSIER

DE

MADAME HUSSON

ous venions de passer Gisors, où je m'étais réveillé en entendant le nom de la ville crié par les employés, et j'allais m'assoupir de nouveau quand une secousse épouvantable me jeta sur la grosse dame qui me faisait vis-à-vis.

Une roue s'était brisée à la machine qui gisait en travers de la voie. Le tender et le wagon de

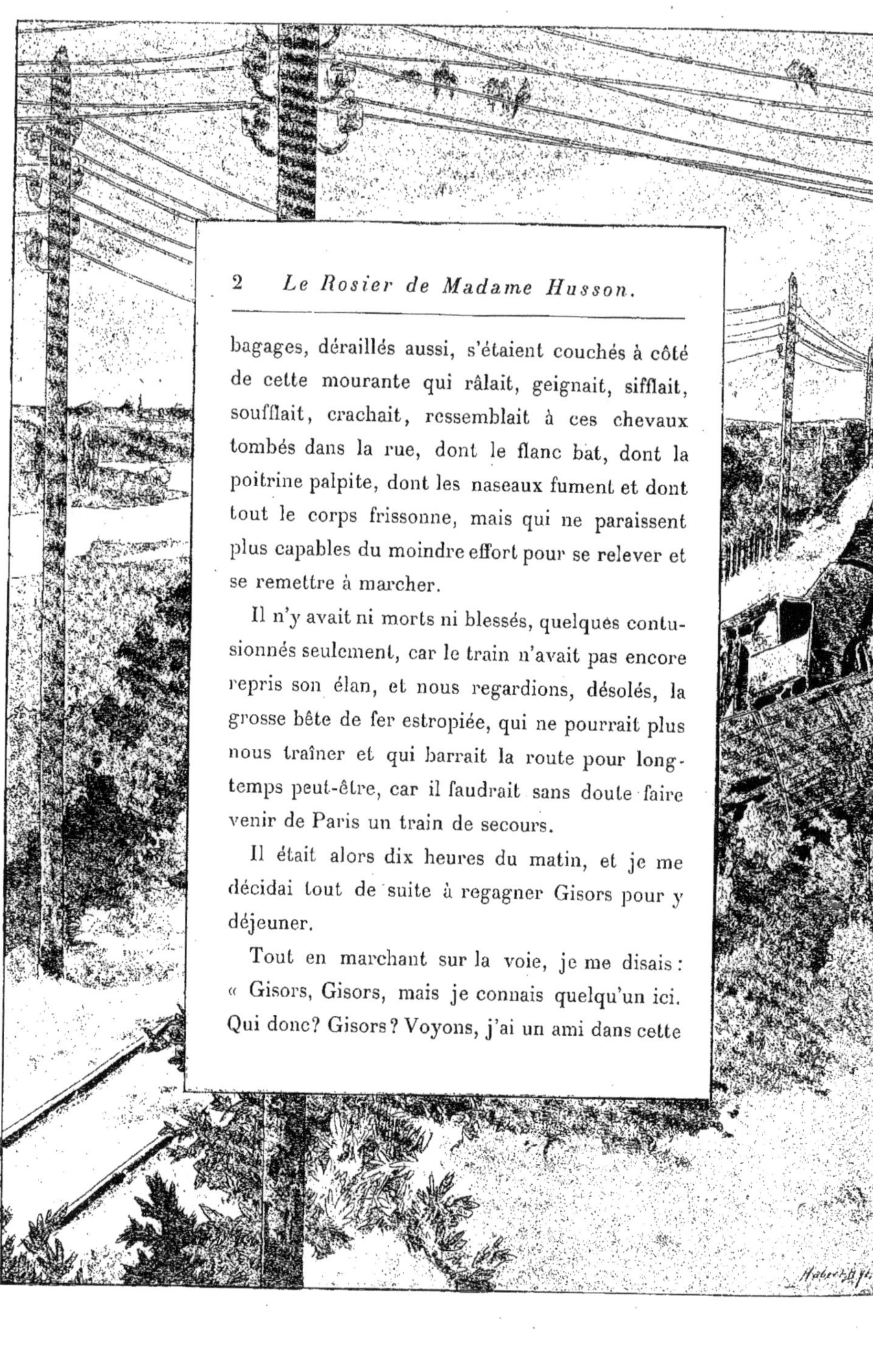

bagages, déraillés aussi, s'étaient couchés à côté de cette mourante qui râlait, geignait, sifflait, soufflait, crachait, ressemblait à ces chevaux tombés dans la rue, dont le flanc bat, dont la poitrine palpite, dont les naseaux fument et dont tout le corps frissonne, mais qui ne paraissent plus capables du moindre effort pour se relever et se remettre à marcher.

Il n'y avait ni morts ni blessés, quelques contusionnés seulement, car le train n'avait pas encore repris son élan, et nous regardions, désolés, la grosse bête de fer estropiée, qui ne pourrait plus nous traîner et qui barrait la route pour long-temps peut-être, car il faudrait sans doute faire venir de Paris un train de secours.

Il était alors dix heures du matin, et je me décidai tout de suite à regagner Gisors pour y déjeuner.

Tout en marchant sur la voie, je me disais : « Gisors, Gisors, mais je connais quelqu'un ici. Qui donc ? Gisors ? Voyons, j'ai un ami dans cette

ville. » Un nom soudain jaillit dans mon souvenir :
« Albert Marambot. » C'était un ancien camarade
de collège, que je n'avais pas vu depuis douze ans
au moins, et qui exerçait à Gisors la profession de
médecin. Souvent il m'avait écrit pour m'inviter ;
j'avais toujours promis, sans tenir. Cette fois
enfin je profiterais de l'occasion.

Je demandai au premier passant : « Savez-vous
où demeure M. le Dr Marambot ? » Il répondit sans
hésiter, avec l'accent traînard des Normands :
« Rue Dauphine. » J'aperçus en effet, sur la porte
de la maison indiquée, une grande plaque de
cuivre où était gravé le nom de mon ancien camarade. Je sonnai, mais la servante, une fille à
cheveux jaunes, aux gestes lents, répétait d'un
air stupide : « I y est paas, i y est paas. »

J'entendais un bruit de fourchettes et de verres,
et je criai : « Hé ! Marambot. » Une porte s'ouvrit,
et un gros homme à favoris parut, l'air mécontent,
une serviette à la main.

Certes je ne l'aurais pas reconnu. On lui aurait

donné quarante-cinq ans au moins, et, en une
seconde, toute la vie de province m'apparut, qui
alourdit, épaissit et vieillit. Dans un seul élan de
ma pensée, plus rapide que mon geste pour lui
tendre la main, je connus son existence, sa manière
d'être, son genre d'esprit et ses théories sur le
monde. Je devinai les longs repas qui avaient
arrondi son ventre, les somnolences après dîner,
dans la torpeur d'une lourde digestion arrosée de
cognac, et les vagues regards jetés sur les malades
avec la pensée de la poule rôtie qui tourne devant
le feu. Ses conversations sur la cuisine, sur le
cidre, l'eau-de-vie et le vin, sur la manière de
cuire certains plats et de bien lier certaines sauces
me furent révélées, rien qu'en apercevant l'empâ-
tement rouge de ses joues, la lourdeur de ses
lèvres, l'éclat morne de ses yeux.

Je lui dis : « Tu ne me reconnais pas. Je suis
Raoul Aubertin. »

Il ouvrit les bras et faillit m'étouffer, et sa première phrase fut celle-ci :

— Tu n'as pas déjeuné, au moins?

— Non.

— Quelle chance! je me mets à table et j'ai une excellente truite.

Cinq minutes plus tard je déjeunais en face de lui.

Je lui demandai :

— Tu es resté garçon?

— Parbleu!

— Et tu t'amuses ici?

— Je ne m'ennuie pas, je m'occupe. J'ai des malades, des amis. Je mange bien, je me porte bien, j'aime à rire et chasser. Ça va.

— La vie n'est pas trop monotone dans cette petite ville?

— Non, mon cher, quand on sait s'occuper. Une petite ville, en somme, c'est comme une grande. Les événements et les plaisirs y sont moins variés, mais on leur prête plus d'importance; les relations y sont moins nombreuses, mais on se rencontre plus souvent. Quand on con-

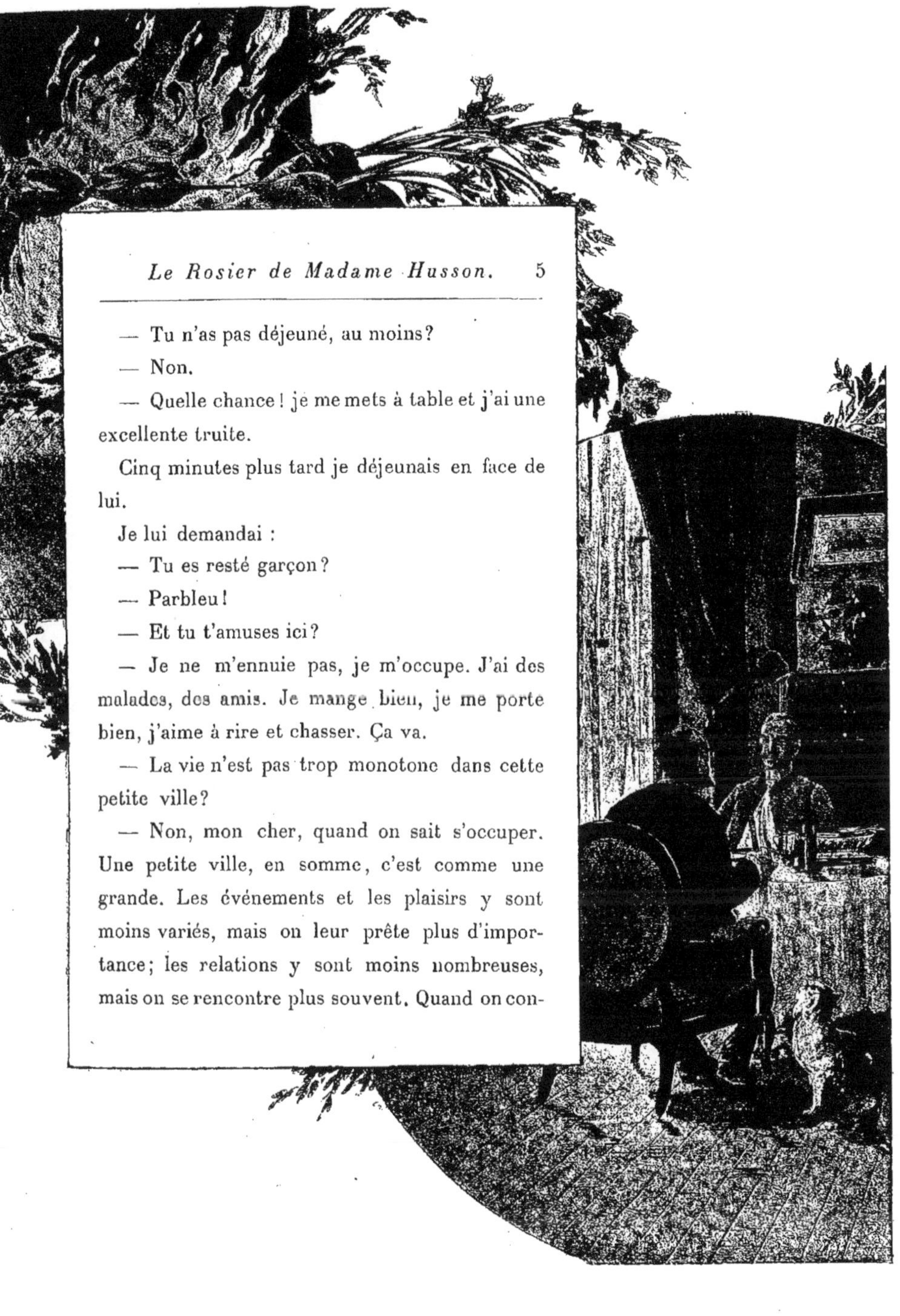

naît toutes les fenêtres d'une rue, chacune d'elles
vous occupe et vous intrigue davantage qu'une
rue entière à Paris. C'est très amusant, une petite
ville, tu sais, très amusant, très amusant. Tiens,
celle-ci, Gisors, je la connais sur le bout du doigt
depuis son origine jusqu'à aujourd'hui. Tu n'as
pas idée comme son histoire est drôle.

— Tu es de Gisors.

— Moi? Non. Je suis de Gournay, sa voisine
et sa rivale. Gournay est à Gisors ce que Lucullus
était à Cicéron. Ici, tout est pour la gloire, on dit
« les orgueilleux de Gisors ». A Gournay tout est
pour le ventre, on dit « les mâqueux de Gournay ».
Gisors méprise Gournay, mais Gournay rit de
Gisors. C'est très comique, ce pays-ci.

Je m'aperçus que je mangeais quelque chose
de vraiment exquis, des œufs mollets enveloppés
dans un fourreau de gelée de viande aromatisée
aux herbes et légèrement saisie dans la glace.

Je dis en claquant la langue pour flatter Marambot : — Bon, ceci. —

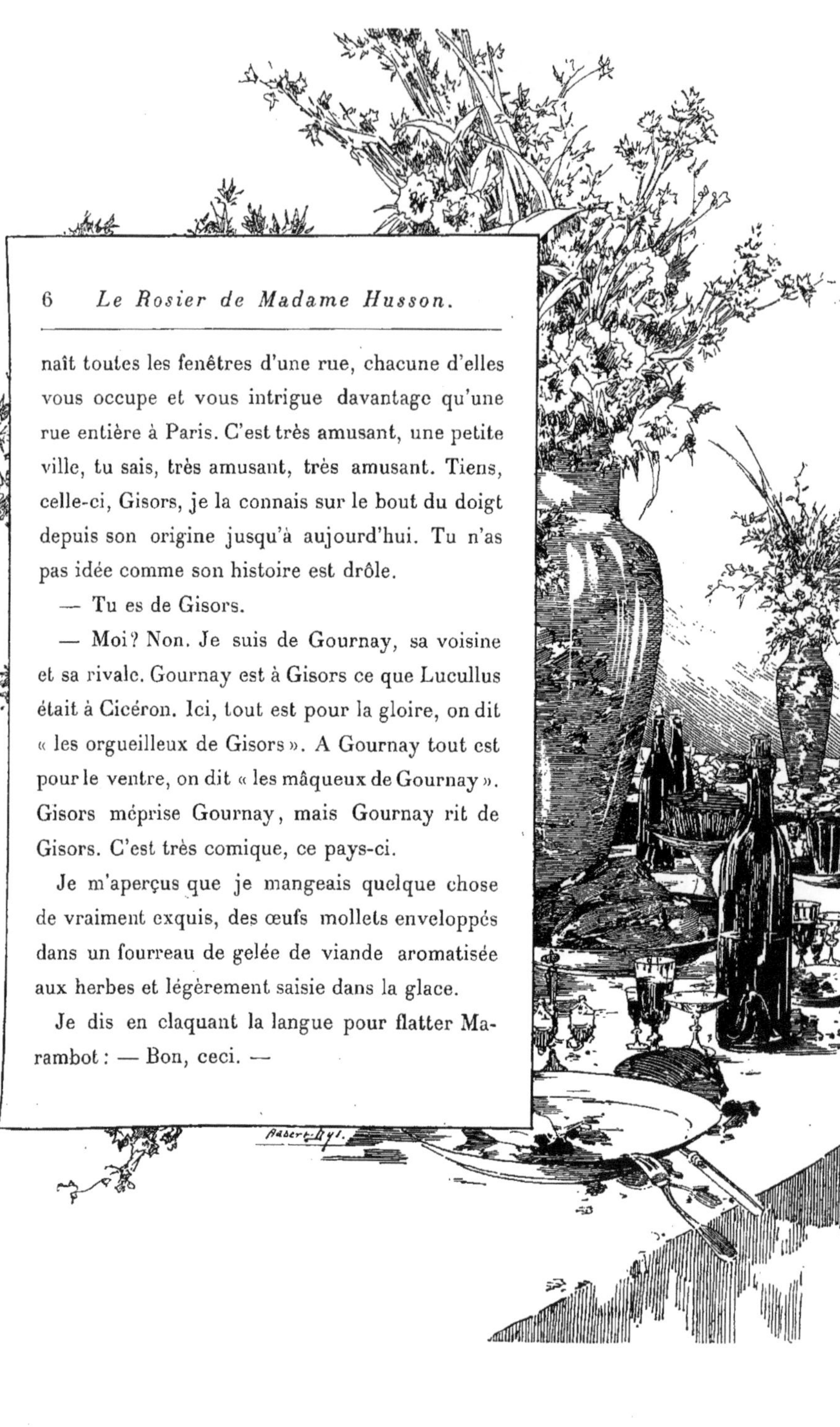

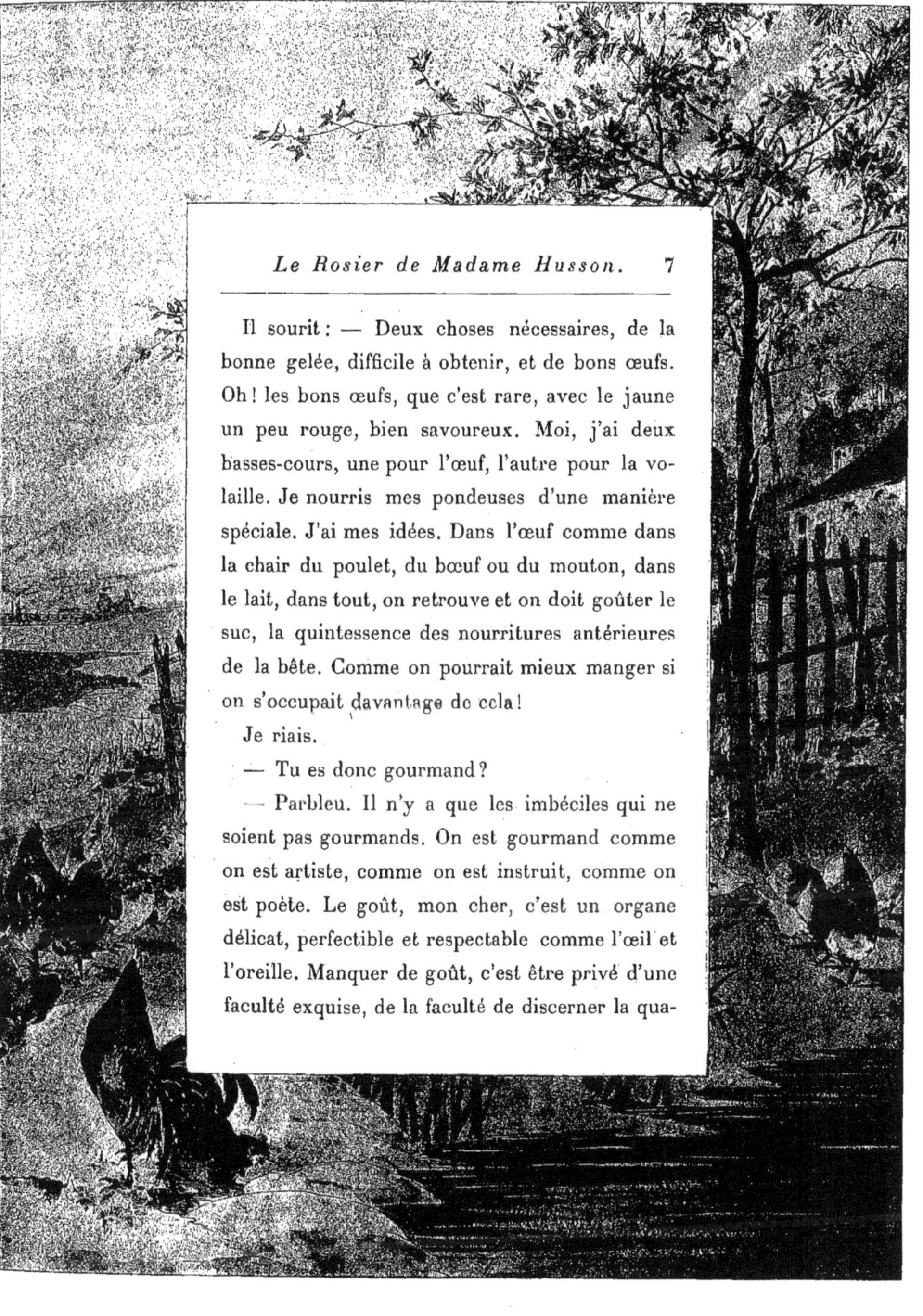

Il sourit : — Deux choses nécessaires, de la bonne gelée, difficile à obtenir, et de bons œufs. Oh ! les bons œufs, que c'est rare, avec le jaune un peu rouge, bien savoureux. Moi, j'ai deux basses-cours, une pour l'œuf, l'autre pour la volaille. Je nourris mes pondeuses d'une manière spéciale. J'ai mes idées. Dans l'œuf comme dans la chair du poulet, du bœuf ou du mouton, dans le lait, dans tout, on retrouve et on doit goûter le suc, la quintessence des nourritures antérieures de la bête. Comme on pourrait mieux manger si on s'occupait davantage de cela !

Je riais.

— Tu es donc gourmand ?

— Parbleu. Il n'y a que les imbéciles qui ne soient pas gourmands. On est gourmand comme on est artiste, comme on est instruit, comme on est poète. Le goût, mon cher, c'est un organe délicat, perfectible et respectable comme l'œil et l'oreille. Manquer de goût, c'est être privé d'une faculté exquise, de la faculté de discerner la qualité des aliments, comme on peut être privé de celle de discerner les qualités d'un livre ou d'une œuvre d'art; c'est être privé d'un sens essentiel, d'une partie de a supériorité humaine; c'est appartenir à une des innombrables classes d'infirmes, de disgraciés et de sots dont se compose notre race, c'est avoir la bouche bête, en un mot, comme on a l'esprit bête. Un homme qui ne distingue pas une langouste d'un homard, un hareng, cet admirable poisson qui porte en lui toutes les saveurs, tous les aromes de la mer, d'un maquereau ou d'un merlan, et une poire crassane d'une duchesse, est comparable à celui qui confondrait Balzac avec Eugène Sue, une ouverture de Beethoven avec une marche militaire d'un chef de musique de régiment, et l'Apollon du Belvédère avec la statue du général de Blanmont!

— Qu'est-ce donc que le général de Blanmont?

— Ah! c'est vrai, tu ne sais pas. On voit bien que tu n'es point de Gisors? Mon cher, je t'ai dit tout à l'heure qu'on appelait les habitants de cette

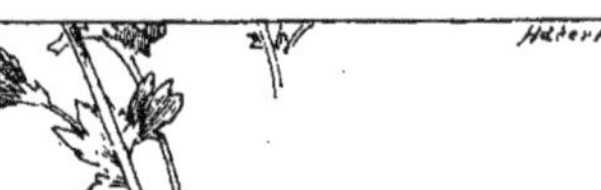

ville les « orgueilleux de Gisors » et jamais épithète ne fut mieux méritée. Mais déjeunons d'abord, et je te parlerai de notre ville en te la faisant visiter.

Il cessait de parler de temps en temps pour boire lentement un demi-verre de vin qu'il regardait avec tendresse en le reposant sur la table.

Une serviette nouée au col, les pommettes rouges, l'œil excité, les favoris épanouis autour de sa bouche en travail, il était amusant à voir.

Il me fit manger jusqu'à la suffocation. Puis, comme je voulais regagner la gare, il me saisit le bras et m'entraîna par les rues. La ville, d'un joli caractère provincial, dominée par sa forteresse, le plus curieux monument de l'architecture militaire du viie siècle qui soit en France, domine à son tour une longue et verte vallée où les lourdes vaches de Normandie broutent et ruminent dans les pâturages.

Le docteur me dit : — Gisors, ville de 4,000 habitants, aux confins de l'Eure, mentionnée déjà

dans les Commentaires de César : Cæsaris ostium,
puis Cæsartium, Cæsortium, Gisortium, Gisors.
Je ne te mènerai pas visiter le campement de
l'armée romaine dont les traces sont encore très
visibles.

Je riais et je répondis : — Mon cher, il me
semble que tu es atteint d'une maladie spéciale
que tu devrais étudier, toi médecin, et qu'on appelle l'esprit de clocher.

Il s'arrêta net : — L'esprit de clocher, mon ami,
n'est pas autre chose que le patriotisme naturel.
J'aime ma maison, ma ville et ma province par
extension, parce que j'y trouve encore les habi-
tudes de mon village ; mais si j'aime la frontière,
si je la défends, si je me fâche quand le voisin y met
le pied, c'est parce que je me sens déjà menacé
dans ma maison, parce que la frontière que je ne
connais pas est le chemin de ma province. Ainsi
moi, je suis Normand, un vrai Normand ; eh bien,
malgré ma rancune contre l'Allemand et mon
désir de vengeance, je ne le déteste pas, je ne le

hais pas d'instinct comme je hais l'Anglais, l'ennemi véritable, l'ennemi héréditaire, l'ennemi naturel du Normand, parce que l'Anglais a passé sur
ce sol habité par mes aïeux, l'a pillé et ravagé
vingt fois, et que l'aversion de ce peuple perfide
m'a été transmise avec la vie, par mon père...
Tiens, voici la statue du général.

— Quel général ?

— Le général de Blanmont ! Il nous fallait une
statue. Nous ne sommes pas pour rien les orgueilleux de Gisors ! Alors nous avons découvert le
général de Blanmont. Regarde donc la vitrine de
ce libraire.

Il m'entraîna vers la devanture d'un libraire où
une quinzaine de volumes jaunes, rouges ou bleus
attiraient l'œil.

En lisant les titres, un rire fou me saisit ;
c'étaient : *Gisors, ses origines, son avenir,* par
M. X..., membre de plusieurs sociétés sa-
vantes.

— *Histoire de Gisors,* par l'abbé A...

— *Gisors, de César à nos jours,* par M. B...
propriétaire.

— *Gisors et ses environs,* par le docteur C. D...

— *Les Gloires de Gisors,* par un chercheur.

— Mon cher, reprit Marambot, il ne se passe
pas une année, pas une année, tu entends bien,
sans que paraisse ici une nouvelle histoire de
Gisors ; nous en avons vingt-trois.

— Et les gloires de Gisors ? demandai-je.

— Oh ! je ne te les dirai pas toutes, je te parlerai seulement des principales. Nous avons eu
d'abord le général de Blanmont, puis le baron
Davillier, le célèbre céramiste qui fut l'explora-
teur de l'Espagne et de Baléares et révéla aux
collectionneurs les admirables faïences hispano-
arabes. Dans les lettres, un journaliste de grand
mérite, mort aujourd'hui, Charles Brainne, et
parmi les bien vivants le très éminent directeur
du *Nouvelliste de Rouen,* Charles Lapierre... et
encore beaucoup d'autres, beaucoup d'autres...

Nous suivions une longue rue, légèrement en

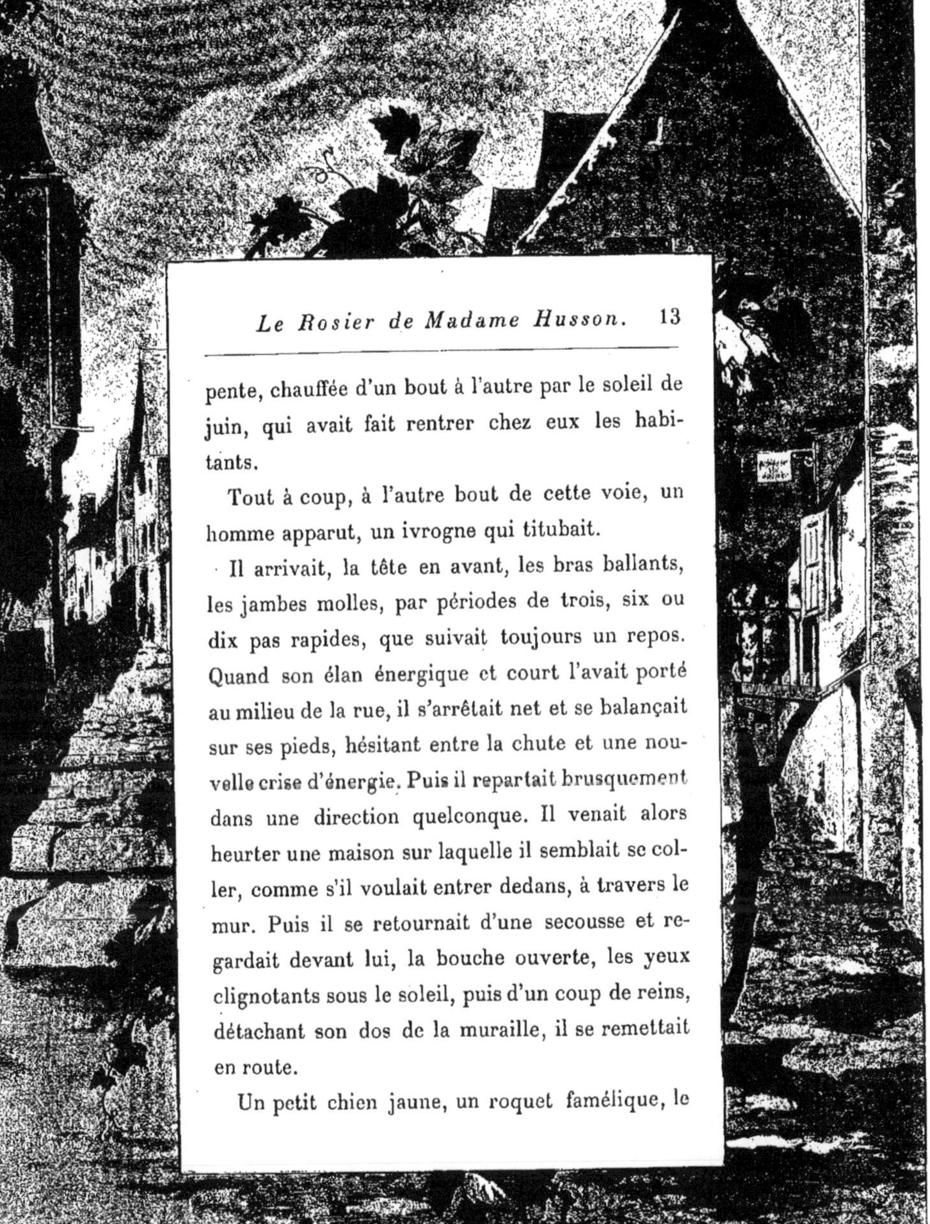

pente, chauffée d'un bout à l'autre par le soleil de
juin, qui avait fait rentrer chez eux les habitants.

Tout à coup, à l'autre bout de cette voie, un
homme apparut, un ivrogne qui titubait.

· Il arrivait, la tête en avant, les bras ballants,
les jambes molles, par périodes de trois, six ou
dix pas rapides, que suivait toujours un repos.
Quand son élan énergique et court l'avait porté
au milieu de la rue, il s'arrêtait net et se balançait
sur ses pieds, hésitant entre la chute et une nouvelle crise d'énergie. Puis il repartait brusquement
dans une direction quelconque. Il venait alors
heurter une maison sur laquelle il semblait se col-
ler, comme s'il voulait entrer dedans, à travers le
mur. Puis il se retournait d'une secousse et regardait devant lui, la bouche ouverte, les yeux
clignotants sous le soleil, puis d'un coup de reins,
détachant son dos de la muraille, il se remettait
en route.

Un petit chien jaune, un roquet famélique, le

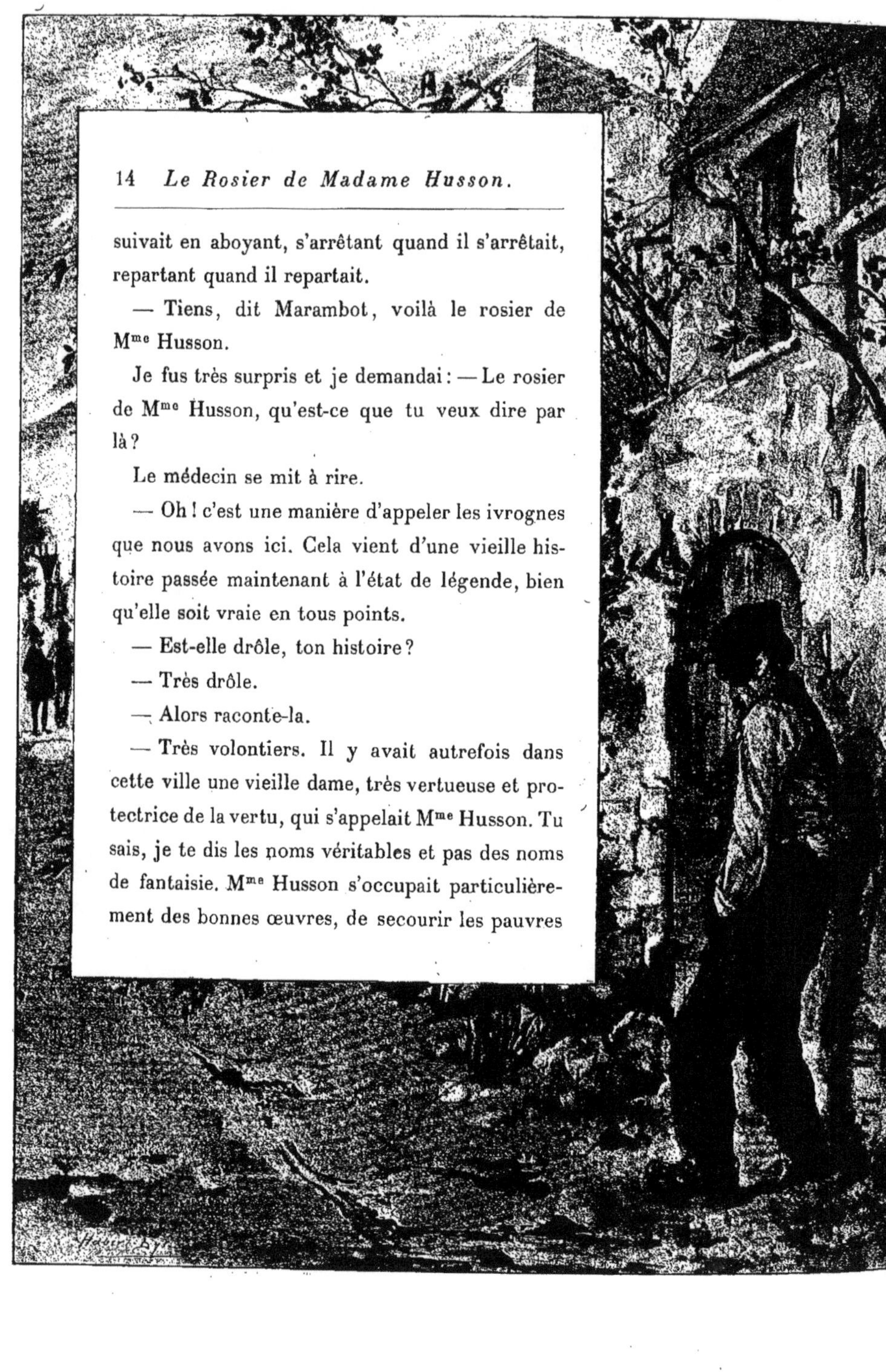

suivait en aboyant, s'arrêtant quand il s'arrêtait, repartant quand il repartait.

— Tiens, dit Marambot, voilà le rosier de Mme Husson.

Je fus très surpris et je demandai : — Le rosier de Mme Husson, qu'est-ce que tu veux dire par là ?

Le médecin se mit à rire.

— Oh ! c'est une manière d'appeler les ivrognes que nous avons ici. Cela vient d'une vieille histoire passée maintenant à l'état de légende, bien qu'elle soit vraie en tous points.

— Est-elle drôle, ton histoire ?

— Très drôle.

— Alors raconte-la.

— Très volontiers. Il y avait autrefois dans cette ville une vieille dame, très vertueuse et protectrice de la vertu, qui s'appelait Mme Husson. Tu sais, je te dis les noms véritables et pas des noms de fantaisie. Mme Husson s'occupait particulièrement des bonnes œuvres, de secourir les pauvres et d'encourager les méritants. Petite, trottant court, ornée d'une perruque de soie noire, cérémonieuse, polie, en fort bons termes avec le bon Dieu représenté par l'abbé Malou, elle avait une horreur profonde, une horreur native du vice, et surtout du vice que l'Église appelle luxure. Les grossesses avant mariage la mettaient hors d'elle, l'exaspéraient jusqu'à la faire sortir de son caractère.

Or c'était l'époque où l'on couronnait des rosières aux environs de Paris, et l'idée vint à Mme Husson d'avoir une rosière à Gisors.

Elle s'en ouvrit à l'abbé Malou, qui dressa aussitôt une liste de candidates.

Mais Mme Husson était servie par une bonne, par une vieille bonne nommée Françoise, aussi intraitable que sa patronne.

Dès que le prêtre fut parti, la maîtresse appela sa servante et lui dit :

— Tiens, Françoise, voici les filles que me propose M. le curé pour le prix de vertu ;

tâche de savoir ce qu'on pense d'elles dans le pays.

Et Françoise se mit en campagne. Elle recueillit tous les potins, toutes les histoires, tous les propos, tous les soupçons. Pour ne rien oublier elle écrivait cela avec la dépense, sur son livre de cuisine, et le remettait chaque matin à Mᵐᵉ Husson, qui pouvait lire, après avoir ajusté ses lunettes sur son nez mince :

<pre>
Pain . . . . quatre sous.
Lait . . . . deux sous.
Beurre . . . . . . huit sous.
</pre>

Malvina Levesque s'a dérangé l'an dernier avec Mathurin Poilu.

<pre>
Un gigot . . . . . vingt-cinq sous.
Sel . . . . un sou.
</pre>

Rosalie Vatinel qu'a été rencontrée dans le boi Riboudet avec Césaire Piénoir par Mᵐᵉ Onésime repasseuse, le vingt juillet à la brune.

<pre>
Radis . . . . . . un sou.
Vinaigre . . . . . deux sous.
Sel d'oscille . . . . deux sous.
</pre>

Joséphine Durdent qu'on ne croit pas qu'al a fauté

nonobstant qu'al est en corespondance avec le fil Opor-
tun qu'est en service à Rouen et qui lui a envoyé un
bonet en cado par la diligence.

Pas une ne sortit intacte de cette enquête
scrupuleuse. Françoise interrogeait tout le monde,
les voisins, les fournisseurs, l'instituteur, les
sœurs de l'école, et recueillait les moindres
bruits.

Comme il n'est pas une fille dans l'univers sur
qui les commères n'aient jasé, il ne se trouva pas
dans le pays une seule jeune personne à l'abri
d'une médisance.

Or Mme Husson voulait que la rosière de Gisors, comme la femme de César, ne fût même pas
soupçonnée, et elle demeurait effarée, désolée,
désespérée, devant le livre de cuisine de sa
bonne.

On élargit alors le cercle des perquisitions jusqu'aux villages environnants; on ne trouva rien.

Le maire fut consulté. Ses protégées échouèrent.
Celles du Dr Barbesol n'eurent pas plus de suc-

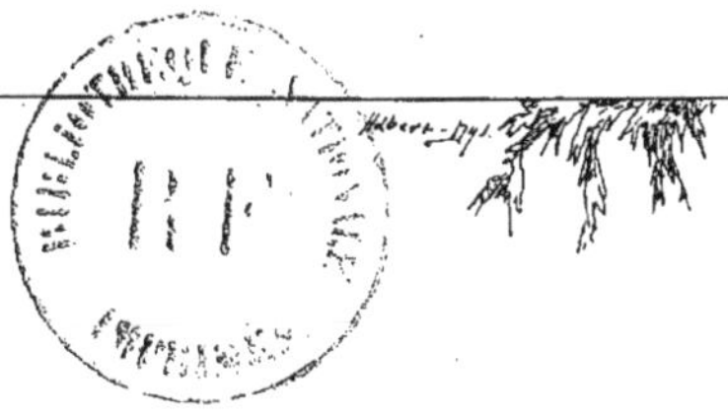

cès, malgré la précision de ses garanties scienti-
fiques.

Or, un matin, Françoise, qui rentrait d'une
course, dit à sa maîtresse :

— Voyez-vous, Madame, si vous voulez cou-
ronner quelqu'un, n'y a qu'Isidore dans la contrée.

Mme Husson resta rêveuse.

Elle le connaissait bien, Isidore, le fils de
Virginie la fruitière. Sa chasteté proverbiale faisait la joie de Gisors depuis plusieurs années déjà,
servait de thème plaisant aux conversations de la
ville et d'amusement pour les filles qui s'égayaient
à le taquiner. Agé de vingt ans passés, grand,
gauche, lent et craintif, il aidait sa mère dans son
commerce, et passait ses jours à éplucher des
fruits ou des légumes, assis sur une chaise devant
la porte.

Il avait une peur maladive des jupons qui lui
faisait baisser les yeux dès qu'une cliente le regardait en souriant, et cette timidité bien connue

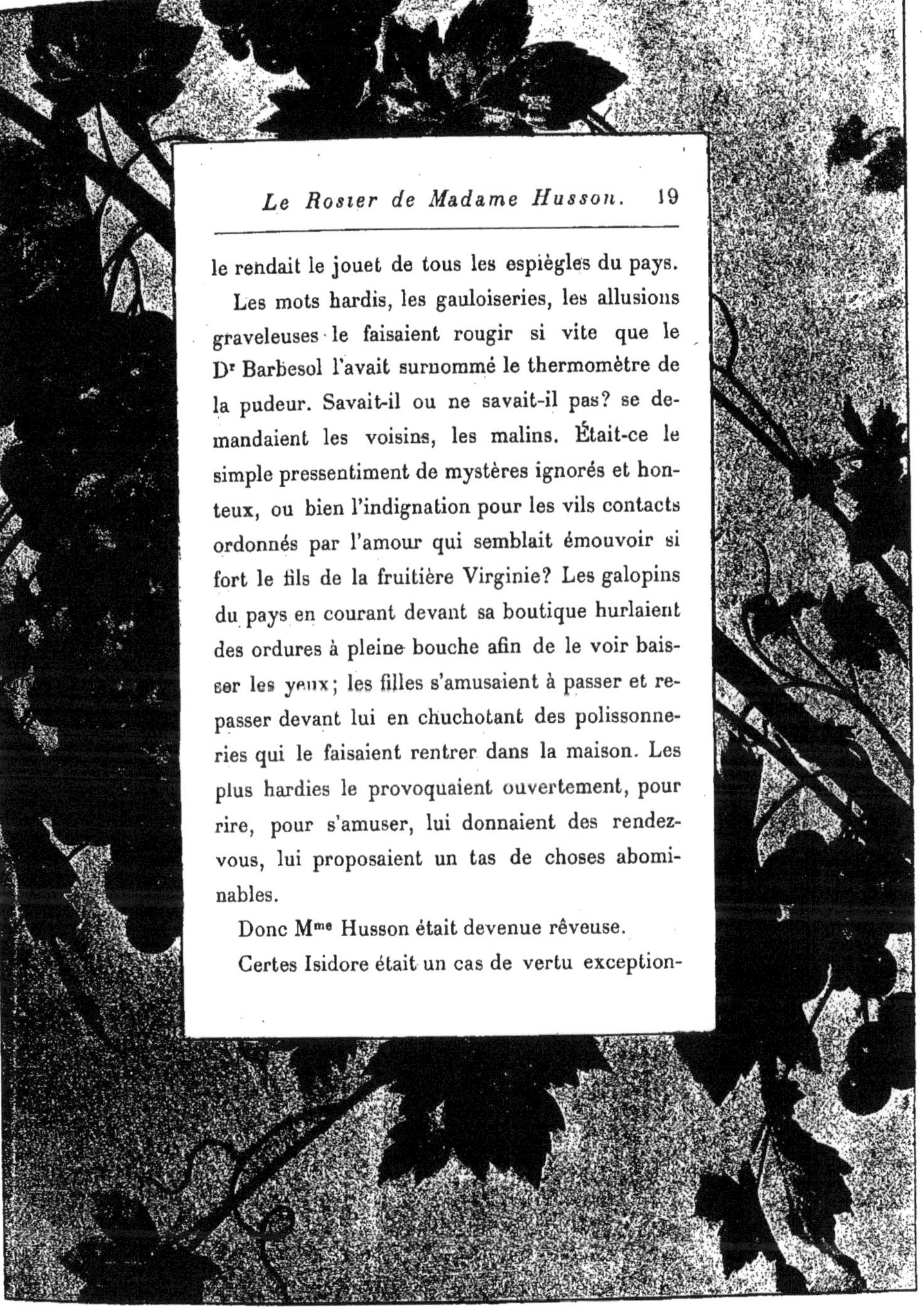

le rendait le jouet de tous les espiègles du pays.

Les mots hardis, les gauloiseries, les allusions graveleuses le faisaient rougir si vite que le Dr Barbesol l'avait surnommé le thermomètre de la pudeur. Savait-il ou ne savait-il pas? se demandaient les voisins, les malins. Était-ce le simple pressentiment de mystères ignorés et honteux, ou bien l'indignation pour les vils contacts ordonnés par l'amour qui semblait émouvoir si fort le fils de la fruitière Virginie? Les galopins du pays en courant devant sa boutique hurlaient des ordures à pleine bouche afin de le voir baisser les yeux; les filles s'amusaient à passer et repasser devant lui en chuchotant des polissonneries qui le faisaient rentrer dans la maison. Les plus hardies le provoquaient ouvertement, pour rire, pour s'amuser, lui donnaient des rendez-vous, lui proposaient un tas de choses abominables.

Donc Mme Husson était devenue rêveuse.

Certes Isidore était un cas de vertu exception-

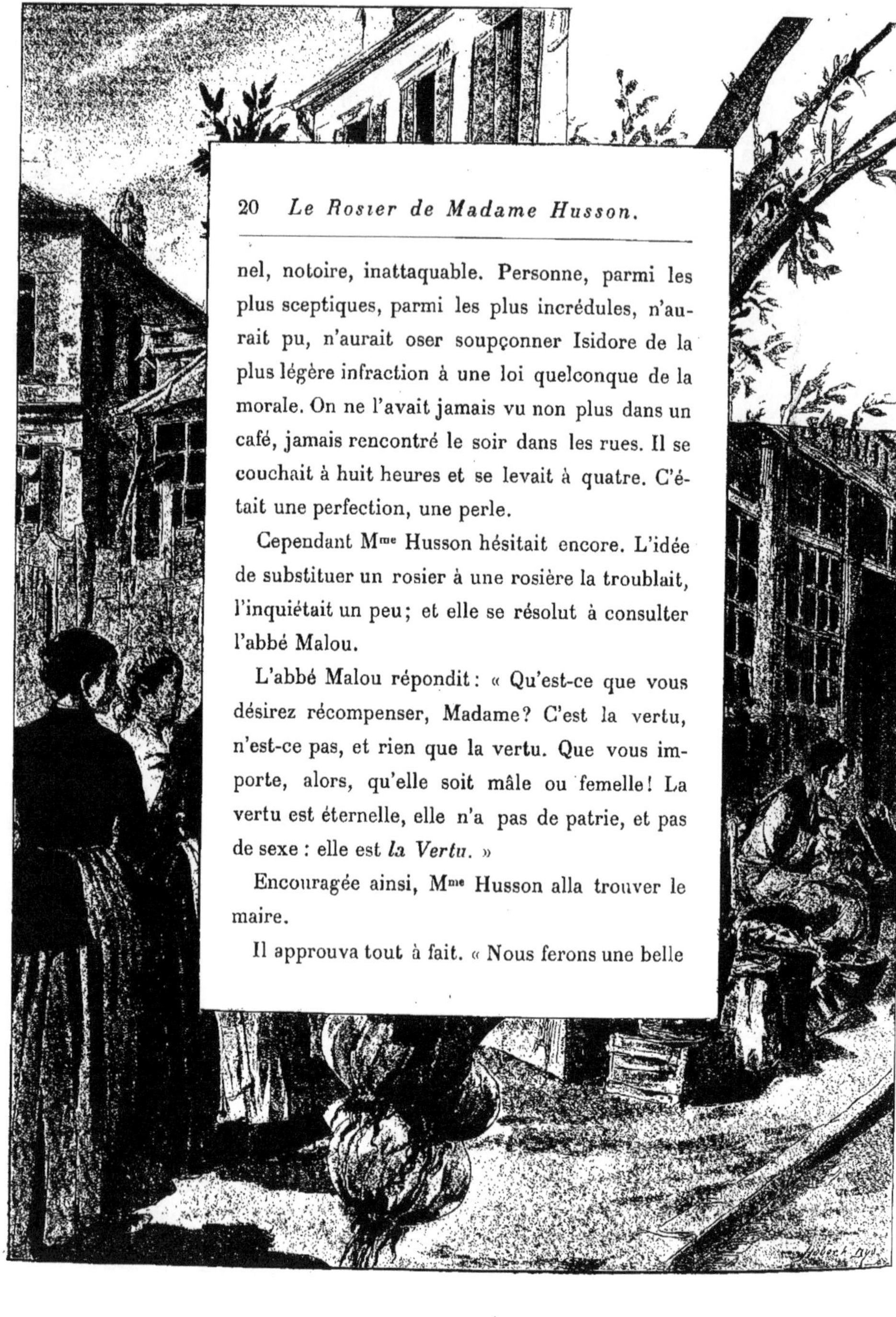

nel, notoire, inattaquable. Personne, parmi les plus sceptiques, parmi les plus incrédules, n'aurait pu, n'aurait oser soupçonner Isidore de la plus légère infraction à une loi quelconque de la morale. On ne l'avait jamais vu non plus dans un café, jamais rencontré le soir dans les rues. Il se couchait à huit heures et se levait à quatre. C'était une perfection, une perle.

Cependant Mme Husson hésitait encore. L'idée de substituer un rosier à une rosière la troublait, l'inquiétait un peu; et elle se résolut à consulter l'abbé Malou.

L'abbé Malou répondit: « Qu'est-ce que vous désirez récompenser, Madame? C'est la vertu, n'est-ce pas, et rien que la vertu. Que vous importe, alors, qu'elle soit mâle ou femelle! La vertu est éternelle, elle n'a pas de patrie, et pas de sexe : elle est *la Vertu.* »

Encouragée ainsi, Mme Husson alla trouver le maire.

Il approuva tout à fait. « Nous ferons une belle

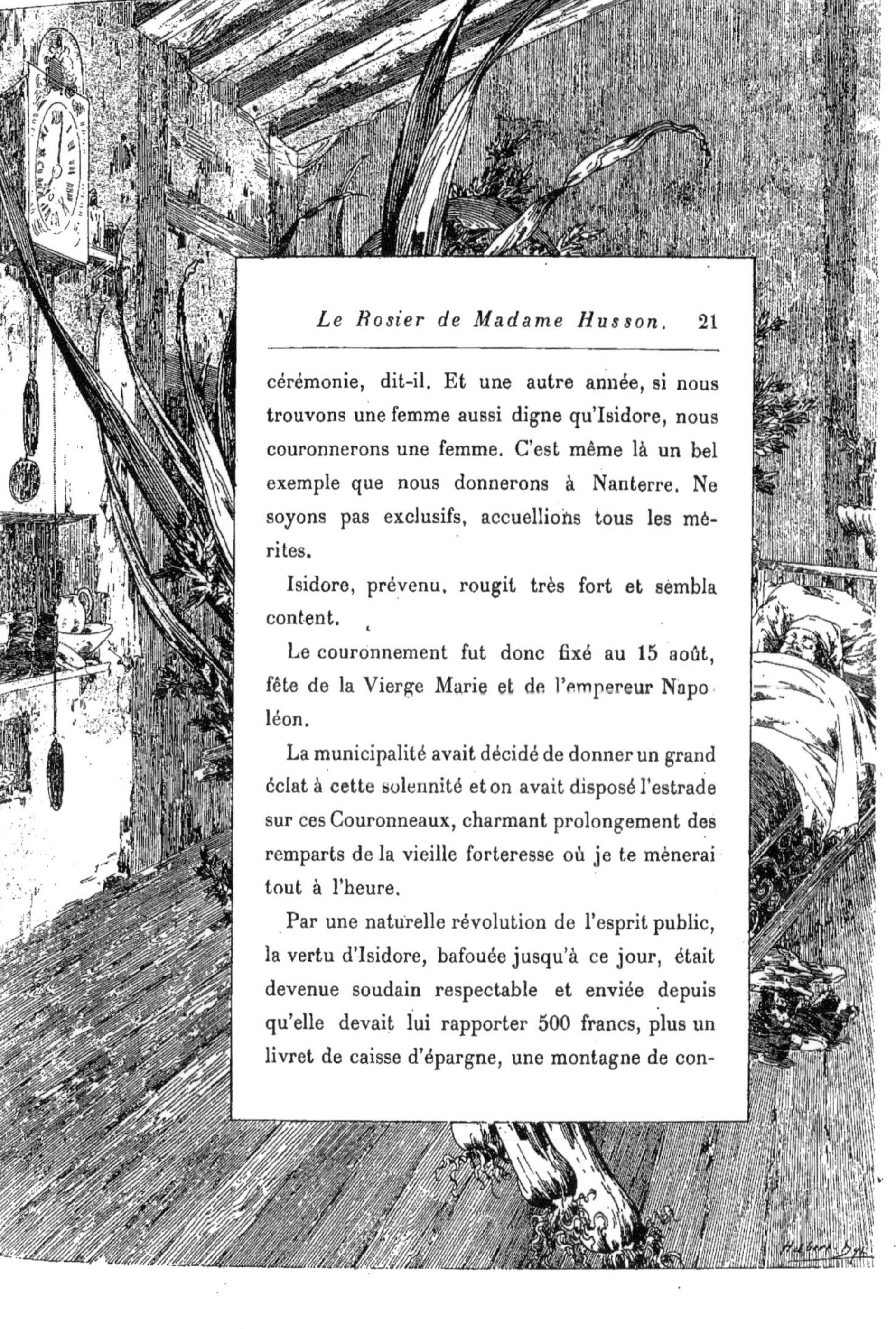

cérémonie, dit-il. Et une autre année, si nous trouvons une femme aussi digne qu'Isidore, nous couronnerons une femme. C'est même là un bel exemple que nous donnerons à Nanterre. Ne soyons pas exclusifs, accuellions tous les mérites.

Isidore, prévenu, rougit très fort et sembla content.

Le couronnement fut donc fixé au 15 août, fête de la Vierge Marie et de l'empereur Napoléon.

La municipalité avait décidé de donner un grand éclat à cette solennité et on avait disposé l'estrade sur ces Couronneaux, charmant prolongement des remparts de la vieille forteresse où je te mènerai tout à l'heure.

Par une naturelle révolution de l'esprit public, la vertu d'Isidore, bafouée jusqu'à ce jour, était devenue soudain respectable et enviée depuis qu'elle devait lui rapporter 500 francs, plus un livret de caisse d'épargne, une montagne de con-

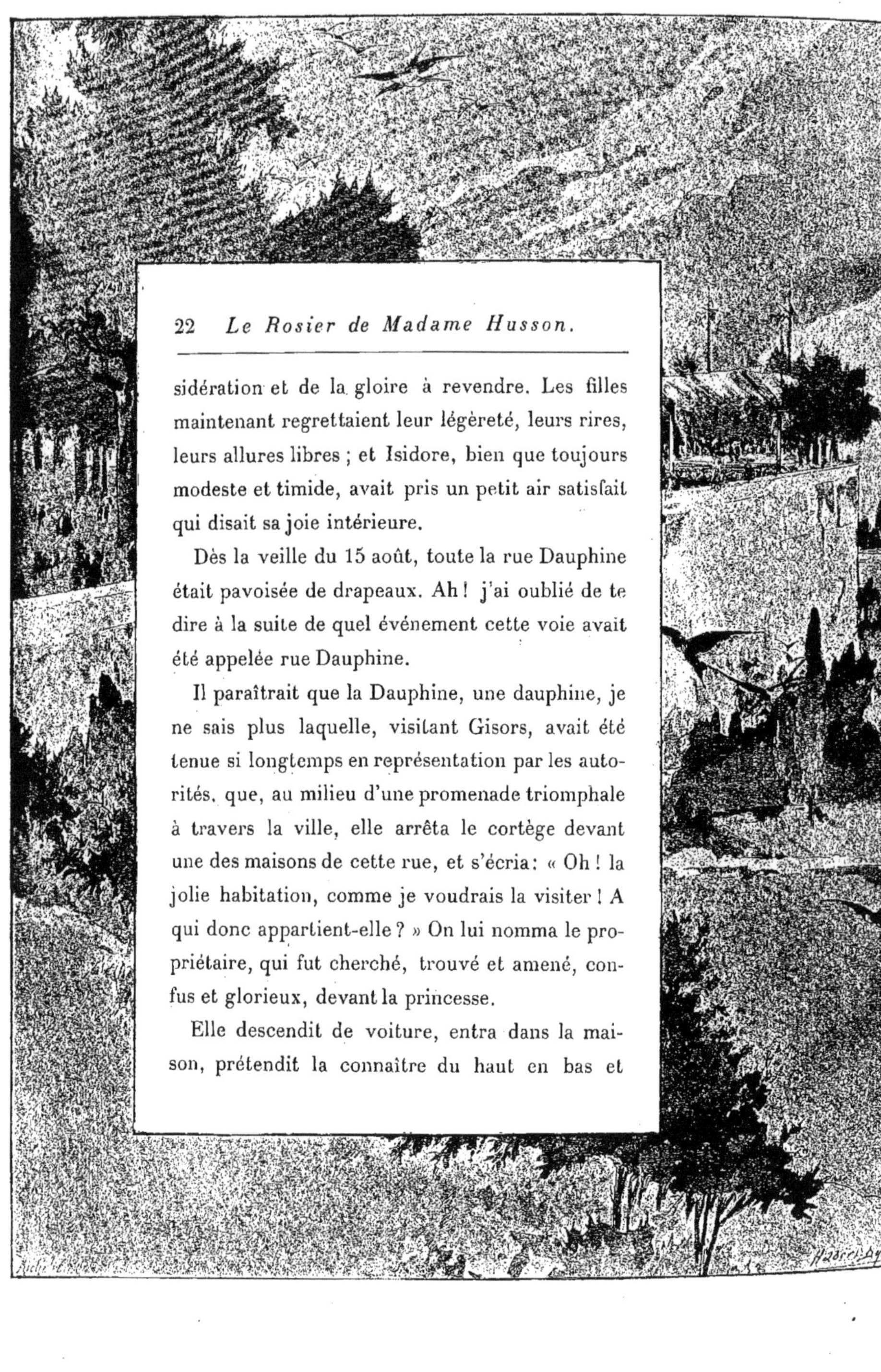

sidération et de la gloire à revendre. Les filles
maintenant regrettaient leur légèreté, leurs rires,
leurs allures libres ; et Isidore, bien que toujours
modeste et timide, avait pris un petit air satisfait
qui disait sa joie intérieure.

Dès la veille du 15 août, toute la rue Dauphine
était pavoisée de drapeaux. Ah ! j'ai oublié de te
dire à la suite de quel événement cette voie avait
été appelée rue Dauphine.

Il paraîtrait que la Dauphine, une dauphine, je
ne sais plus laquelle, visitant Gisors, avait été
tenue si longtemps en représentation par les autorités, que, au milieu d'une promenade triomphale
à travers la ville, elle arrêta le cortège devant
une des maisons de cette rue, et s'écria: « Oh ! la
jolie habitation, comme je voudrais la visiter ! A
qui donc appartient-elle ? » On lui nomma le propriétaire, qui fut cherché, trouvé et amené, con-
fus et glorieux, devant la princesse.

Elle descendit de voiture, entra dans la maison, prétendit la connaître du haut en bas et

resta même enfermée quelques instants seule dans une chambre.

Quand elle ressortit, le peuple, flatté de l'honneur fait à un citoyen de Gisors, hurla : « Vive la Dauphine ! » Mais une chansonnette fut rimée par un farceur, et la rue garda le nom de l'altesse royale, car :

> La princesse très pressée,
> Sans cloche, prêtre ou bedeau,
> L'avait, avec un peu d'eau,
> Baptisée.

Mais je reviens à Isidore.

On avait jeté des fleurs tout le long du parcours du cortège comme on fait aux processions de la Fête-Dieu, et la garde nationale était sur pied, sous les ordres de son chef, le commandant Desbarres, un vieux solide de la Grande Armée qui montrait avec orgueil, à côté du cadre contenant la croix d'honneur donnée par l'empereur lui-même, la barbe d'un cosaque cueillie d'un seul

coup de sabre au menton de son propriétaire par le commandant, pendant la retraite de Russie.

Le corps qu'il commandait était d'ailleurs un corps d'élite célèbre dans toute la province, et la compagnie des grenadiers de Gisors se voyait appelée à toutes les fêtes mémorables dans un rayon de quinze à vingt lieues. On raconte que le roi Louis-Philippe, passant en revue les milices de l'Eure, s'arrêta émerveillé devant la compagnie de Gisors, et s'écria : — Oh ! quels sont ces beaux grenadiers ?

— Ceux de Gisors, répondit le général.

— J'aurais dû m'en douter, murmura le roi.

Le commandant Desbarres s'en vint donc avec ses hommes, musique en tête, chercher Isidore dans la boutique de sa mère.

Après un petit air joué sous ses fenêtres, le Rosier lui-même apparut sur le seuil.

Il était vêtu de coutil blanc des pieds à la tête, et coiffé d'un chapeau de paille qui portait, comme cocarde, un petit bouquet de fleurs d'oranger.

Cette question du costume avait beaucoup inquiété Mme Husson, qui hésita longtemps entre la veste noire des premiers communiants et le complet tout à fait blanc. Mais Françoise, sa conseillère, la décida pour le complet blanc en faisant voir que le Rosier aurait l'air d'un cygne.

Derrière lui parut sa protectrice, sa marraine, Mme Husson triomphante. Elle prit son bras pour sortir, et le maire se plaça de l'autre côté du Rosier. Les tambours battaient. Le commandant Desbarres commanda : « Présentez armes ! » Le cortège se remit en marche vers l'église, au milieu d'un immense concours de peuple venu de toutes les communes voisines.

Après une courte messe et une allocution touchante de l'abbé Malou, on repartit vers les Couronneaux où le banquet était servi sous une tente.

Avant de se mettre à table, le maire prit la parole. Voici son discours textuel. Je l'ai appris par cœur, car il est beau :

« Jeune homme, une femme de bien, aimée des

pauvres et respectée des riches, Mme Husson, que
le pays tout entier remercie ici, par ma voix, a eu
la pensée, l'heureuse et bienfaisante pensée de
fonder en cette ville un prix de vertu qui serait
un précieux encouragement offert aux habitants
de cette belle contrée.

« Vous êtes, jeune homme, le premier élu, le
premier couronné de cette dynastie de la sagesse
et de la chasteté. Votre nom restera en tête de
cette liste des plus méritants; et il faudra que
votre vie, comprenez-le bien, que votre vie tout
entière réponde à cet heureux commencement.
Aujourd'hui, en face de cette noble femme qui
récompense votre conduite, en face de ces soldats,
citoyens qui ont pris les armes en votre honneur,
en face de cette population émue, réunie pour
vous acclamer, ou plutôt pour acclamer, en vous,
la vertu, vous contractez l'engagement solennel
envers la ville, envers nous tous, de donner jusqu'à votre mort l'excellent exemple de votre jeu-
nesse.

« Ne l'oubliez point, jeune homme. Vous êtes la première graine jetée dans ce champ de l'espérance, donnez-nous les fruits que nous attendons de vous. »

Le maire fit trois pas, ouvrit les bras et serra contre son cœur Isidore qui sanglotait.

Il sanglotait, le Rosier, sans savoir pourquoi, d'émotion confuse, d'orgueil, d'attendrissement vague et joyeux.

Puis le maire lui mit dans une main une bourse de soie où sonnait de l'or, cinq cents francs en or !…. et dans l'autre un livret de caisse d'épargne. Et il prononça d'une voix solennelle : « Hommage, gloire et richesse à la vertu. »

Le commandant Desbarres hurlait : « Bravo! » Les grenadiers vociféraient, le peuple applaudit.

A son tour Mme Husson s'essuya les yeux.

Puis on prit place autour de la table où le banquet était servi.

Il fut interminable et magnifique. Les plats suivaient les plats; le cidre jaune et le vin rouge

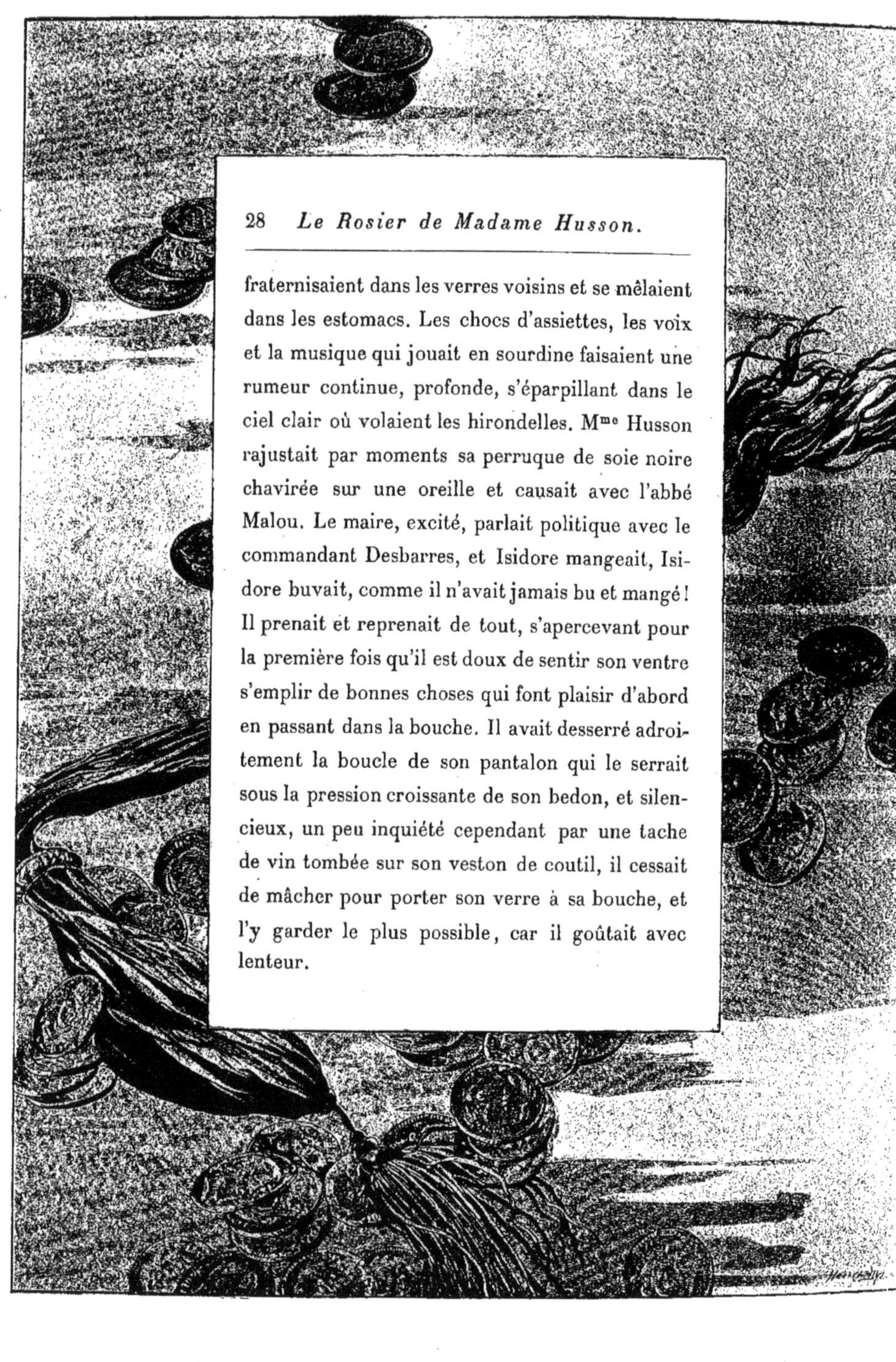

fraternisaient dans les verres voisins et se mêlaient
dans les estomacs. Les chocs d'assiettes, les voix
et la musique qui jouait en sourdine faisaient une
rumeur continue, profonde, s'éparpillant dans le
ciel clair où volaient les hirondelles. Mme Husson
rajustait par moments sa perruque de soie noire
chavirée sur une oreille et causait avec l'abbé
Malou. Le maire, excité, parlait politique avec le
commandant Desbarres, et Isidore mangeait, Isidore buvait, comme il n'avait jamais bu et mangé!
Il prenait et reprenait de tout, s'apercevant pour
la première fois qu'il est doux de sentir son ventre
s'emplir de bonnes choses qui font plaisir d'abord
en passant dans la bouche. Il avait desserré adroi-
tement la boucle de son pantalon qui le serrait
sous la pression croissante de son bedon, et silen-
cieux, un peu inquiété cependant par une tache
de vin tombée sur son veston de coutil, il cessait
de mâcher pour porter son verre à sa bouche, et
l'y garder le plus possible, car il goûtait avec
lenteur.

L'heure des toasts sonna. Ils furent nombreux et très applaudis. Le soir venait ; on était à table depuis midi, Déjà flottaient dans la vallée les vapeurs fines et laiteuses, léger vêtement de nuit des ruisseaux et des prairies ; le soleil touchait à l'horizon ; les vaches beuglaient au loin dans les brumes des pâturages. C'était fini : on redescendait vers Gisors. Le cortège rompu maintenant marchait en débandade. Mme Husson avait pris le bras d'Isidore et lui faisait des recommandations nombreuses, pressantes, excellentes.

Ils s'arrêtèrent devant la porte de la fruitière, et le Rosier fut laissé chez sa mère.

Elle n'était point rentrée. Invitée par sa famille à célébrer aussi le triomphe de son fils, elle avait déjeuné chez sa sœur, après avoir suivi le cortège jusqu'à la tente du banquet.

Donc Isidore resta seul dans la boutique où pénétrait la nuit.

Il s'assit sur une chaise, agité par le vin et par l'orgueil, et regarda autour de lui. Les carottes,

les choux, les oignons, répandaient dans la pièce fermée leur forte senteur de légumes, leurs aromes jardiniers et rudes, auxquels se mêlait une douce et pénétrante odeur de fraises et le parfum léger, le parfum fuyant d'une corbeille de pêches.

Le Rosier en prit une et la mangea à pleines dents, bien qu'il eût le ventre rond comme une citrouille. Puis tout à coup, affolé de joie, il se mit à danser; et quelque chose sonna dans sa veste.

Il fut surpris, enfonça ses mains en ses poches et ramena la bourse aux cinq cents francs qu'il avait oubliée dans son ivresse! Cinq cents francs! quelle fortune! Il versa les louis sur le comptoir et les étala d'une lente caresse de sa main grande ouverte pour les voir tous en même temps. Il y en avait vingt-cinq, vingt-cinq pièces rondes, en or! toutes en or! Elles brillaient sur le bois dans l'ombre épaissie, et il les comptait et les recomptait, posant le doigt sur chacune et murmurant :

« Une, deux, trois, quatre, cinq — cent — six, sept, huit, neuf, dix — deux cents » ; puis il les remit dans la bourse qu'il cacha de nouveau dans sa poche.

Qui saura et qui pourrait dire le combat terrible livré dans l'âme du Rosier entre le mal et le bien, l'attaque tumultueuse de Satan, ses ruses, les tentations qu'il jeta en ce cœur timide et vierge? Quelles suggestions, quelles images, quelles convoitises inventa le Malin pour émouvoir et perdre cet élu? Il saisit son chapeau, l'élu de Mme Husson, son chapeau qui portait encore le petit bouquet de fleurs d'oranger, et sortant par la ruelle derrière la maison, il disparut dans la nuit.

. . . .

La fruitière Virginie, prévenue que son fils était rentré, revint presque aussitôt et trouva la maison vide. Elle attendit, sans s'étonner d'abord, puis, au bout d'un quart d'heure, elle s'informa. Les voisins de la rue Dauphine avaient vu entrer

Isidore et ne l'avaient point vu ressortir. Donc
on le chercha : on ne le découvrit point. La fruitière inquiète courut à la mairie : le maire ne
savait rien, sinon qu'il avait laissé le Rosier devant sa porte. Mme Husson venait de se coucher
quand on l'avertit que son protégé avait disparu.
Elle remit aussitôt sa perruque, se leva et vint
elle-même chez Virginie. Virginie, dont l'âme
populaire avait l'émotion rapide, pleurait toutes
ses larmes au milieu de ses choux, de ses carottes
et de ses oignons.

On craignait un accident. Lequel? Le commandant Desbarres prévint la gendarmerie qui fit une
ronde autour de la ville; et on trouva, sur la
route de Pontoise, le petit bouquet de fleurs
d'oranger. Il fut placé sur une table autour de
laquelle délibéraient les autorités. Le Rosier avait
dû être victime d'une ruse, d'une machination,
d'une jalousie, mais comment? Quel moyen avait-
on employé pour enlever cet innocent, et dans
quel but

Las de chercher sans trouver, les autorités se couchèrent. Virginie seule veilla dans les larmes.

Or, le lendemain soir, quand passa, à son retour, la diligence de Paris, Gisors apprit avec stupeur que son Rosier avait arrêté la voiture à deux cents mètres du pays, était monté, avait payé sa place en donnant un louis dont on lui remit la monnaie, et qu'il était descendu tranquillement dans le cœur de la grande ville.

L'émotion devint considérable dans le pays. Des lettres furent échangées entre le maire et le chef de la police parisienne, mais n'amenèrent aucune découverte.

Les jours suivaient les jours, la semaine s'écoula.

Or, un matin, le docteur Barbesol, sorti de bonne heure, aperçut, assis sur le seuil d'une porte, un homme vêtu de toile grise, et qui dormait la tête contre le mur. Il s'approcha et reconnut Isidore. Voulant le réveiller, il n'y put parvenir. L'ex-Rosier dormait d'un sommeil pro-

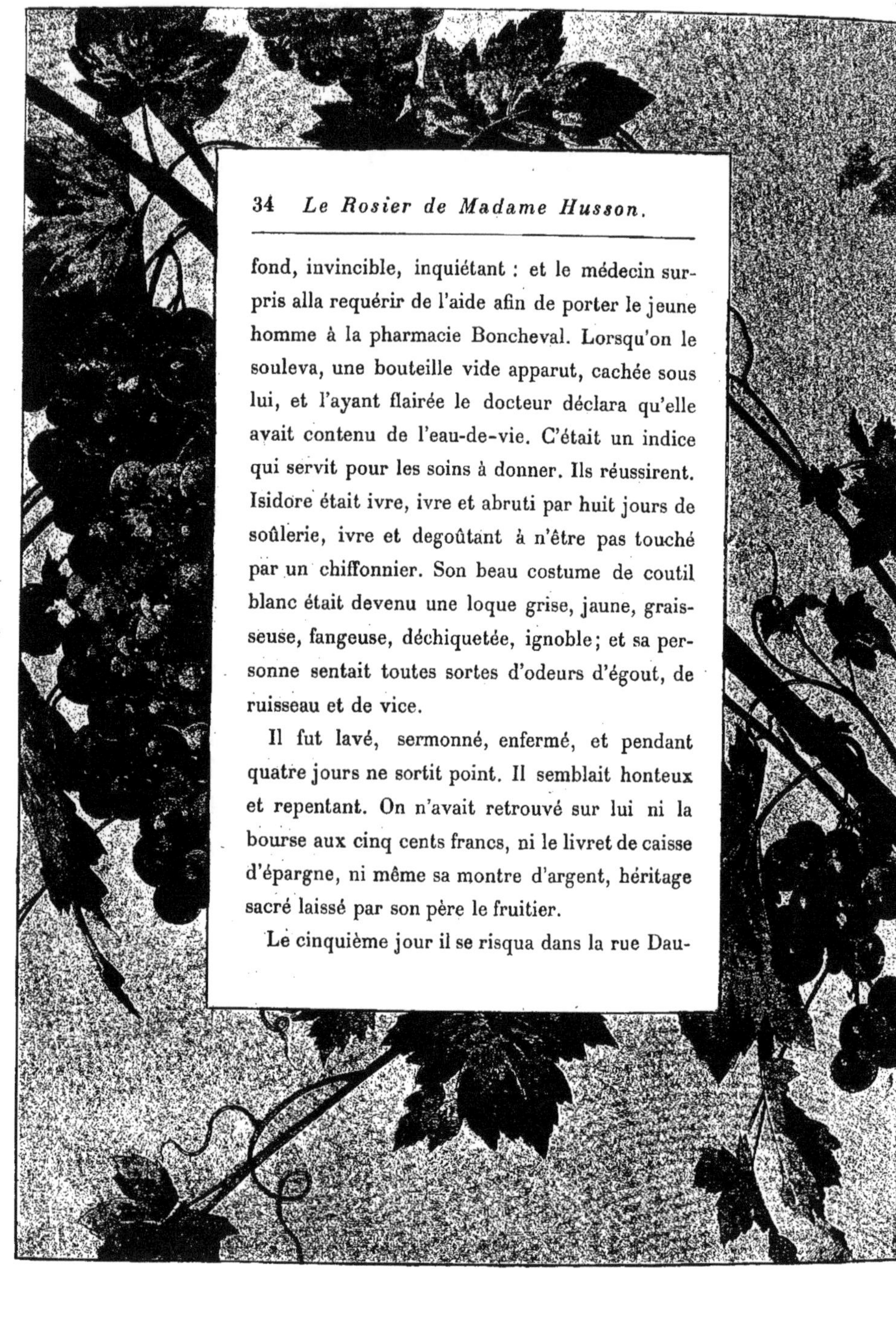

fond, invincible, inquiétant : et le médecin surpris alla requérir de l'aide afin de porter le jeune
homme à la pharmacie Boncheval. Lorsqu'on le
souleva, une bouteille vide apparut, cachée sous
lui, et l'ayant flairée le docteur déclara qu'elle
avait contenu de l'eau-de-vie. C'était un indice
qui servit pour les soins à donner. Ils réussirent.
Isidore était ivre, ivre et abruti par huit jours de
soûlerie, ivre et degoûtant à n'être pas touché
par un chiffonnier. Son beau costume de coutil
blanc était devenu une loque grise, jaune, grais-
seuse, fangeuse, déchiquetée, ignoble ; et sa personne sentait toutes sortes d'odeurs d'égout, de
ruisseau et de vice.

Il fut lavé, sermonné, enfermé, et pendant
quatre jours ne sortit point. Il semblait honteux
et repentant. On n'avait retrouvé sur lui ni la
bourse aux cinq cents francs, ni le livret de caisse
d'épargne, ni même sa montre d'argent, héritage
sacré laissé par son père le fruitier.

Le cinquième jour il se risqua dans la rue Dau-

phine. Les regards curieux le suivaient, et il allait le long des maisons la tête basse, les yeux fuyants. On le perdit de vue à la sortie du pays vers la vallée, mais deux heures plus tard il reparut, ricanant et se heurtant aux murs. Il était ivre, complètement ivre.

Rien ne le corrigea.

Chassé par sa mère, il devint charretier et conduisit les voitures de charbon de la maison Pougrisel qui existe encore aujourd'hui.

Sa réputation d'ivrogne devint si grande, s'étendit si loin, qu'à Evreux même on parlait du Rosier de Mme Husson, et les pochards du pays ont conservé ce surnom.

Un bienfait n'est jamais perdu.

. . . .

Le docteur Marambot se frottait les mains en terminant son histoire. Je lui demandai:

— As-tu connu le Rosier, toi?

— Oui, j'ai eu l'honneur de lui fermer les yeux.

— De quoi est-il mort?

— Dans une crise de *delirium tremens*, naturellement.

Nous étions arrivés près de la vieille forteresse, amas de murailles ruinées que dominent l'énorme tour Saint-Thomas de Cantorbery et la tour dite du Prisonnier.

Marambot me conta l'histoire de ce prisonnier qui, au moyen d'un clou, couvrit de sculptures les murs de son cachot, en suivant les mouvements du soleil à travers la fente étroite d'une meurtrière.

Puis j'appris que Clotaire II avait donné le patrimoine de Gisors à son cousin saint Romain, évêque de Rouen, que Gisors cessa d'être la capitale de tout le Vexin après le traité de Saint-Clair-sur-Epte, que la ville est le premier point stratégique de toute cette partie de la France, et qu'elle fut, par suite de cet avantage, prise et reprise un nombre infini de fois. Sur l'ordre de Guillaume le Roux, le célèbre ingénieur Robert

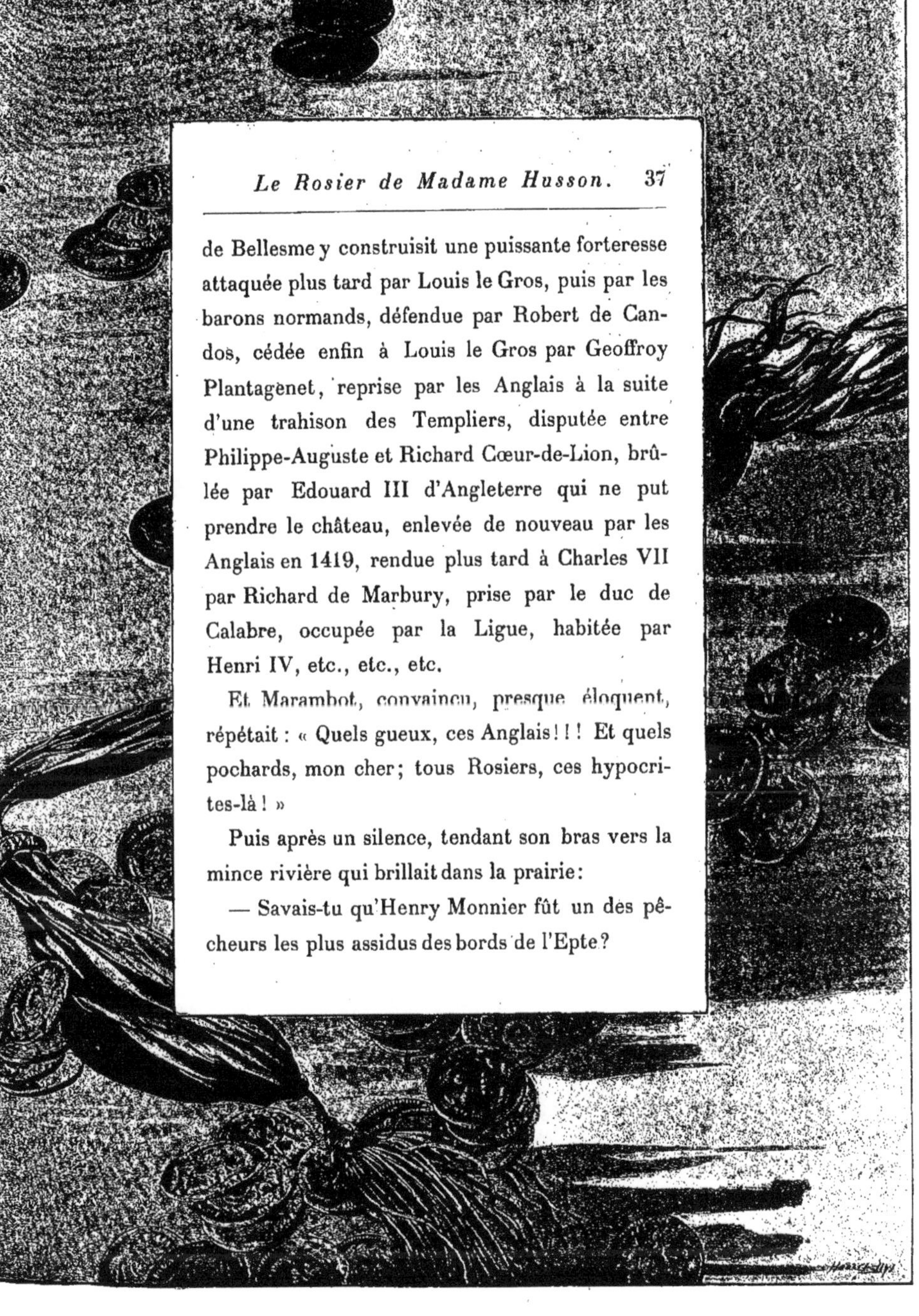

de Bellesme y construisit une puissante forteresse attaquée plus tard par Louis le Gros, puis par les barons normands, défendue par Robert de Candos, cédée enfin à Louis le Gros par Geoffroy Plantagenet, reprise par les Anglais à la suite d'une trahison des Templiers, disputée entre Philippe-Auguste et Richard Cœur-de-Lion, brûlée par Edouard III d'Angleterre qui ne put prendre le château, enlevée de nouveau par les Anglais en 1419, rendue plus tard à Charles VII par Richard de Marbury, prise par le duc de Calabre, occupée par la Ligue, habitée par Henri IV, etc., etc., etc.

Et Marambot, convaincu, presque éloquent, répétait : « Quels gueux, ces Anglais ! ! ! Et quels pochards, mon cher ; tous Rosiers, ces hypocrites-là ! »

Puis après un silence, tendant son bras vers la mince rivière qui brillait dans la prairie :

— Savais-tu qu'Henry Monnier fût un des pêcheurs les plus assidus des bords de l'Epte ?

— Non, je ne savais pas.

— Et Bouffé, mon cher, Bouffé a été ici peintre vitrier.

— Allons donc !

— Mais oui. Comment peux-tu ignorer ces choses-là.

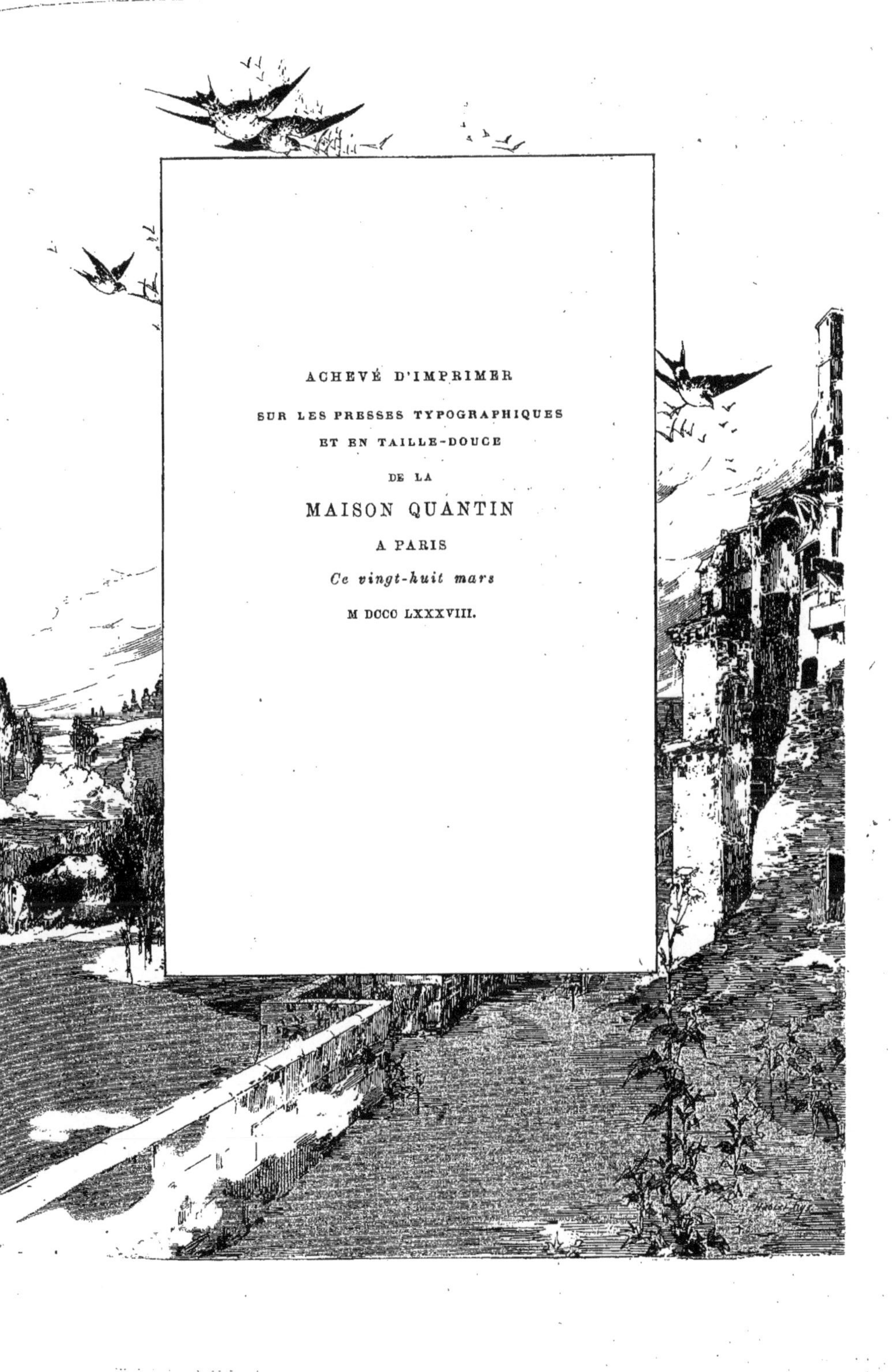

ACHEVÉ D'IMPRIMER

SUR LES PRESSES TYPOGRAPHIQUES
ET EN TAILLE-DOUCE

DE LA

MAISON QUANTIN

A PARIS

Ce vingt-huit mars

M DCCC LXXXVIII.

9 782014 090352